El pequeño abeto

Adaptación: Luz Orihuela   Ilustraciones: Rosa M. Curto

Combel
EDITORIAL

En medio de un inmenso bosque
vivía un abeto muy pequeño
que tenía mucha prisa por crecer.
Sin embargo,
tienen que pasar muchos años
para que un árbol
se haga fuerte y robusto.

2

Cuando llegó el invierno,
aparecieron en el bosque
unos leñadores
y se llevaron todos los árboles jóvenes
que eran más grandes
que el pequeño abeto.

4

—Ahora, a tus compañeros,
los venderán por las calles
para que la gente los adorne
y los tenga en casa
durante la Navidad
—le decían los animales del bosque.

6

–¡Cuánto me gustaría
ser un bonito árbol de Navidad,
lleno de luces y adornos!
–se lamentaba el pequeño abeto
mientras crecía y se hacía fuerte.

Cuando volvió el frío,
aparecieron de nuevo los leñadores
que, esta vez, sí se llevaron
al pequeño abeto.
—¡Qué feliz estará, rodeado de niños
en Nochebuena! —decían los animalitos.

Una vez en la calle
y a la espera de un comprador,
se acercó una niña que exclamó:
—¡Mirad éste! Es precioso,
vamos a llevárnoslo a casa.

 12

Y el pequeño abeto se encontró
adornado con estrellas, bolas
y regalos en el comedor;
justo al lado de la chimenea.
Ahora sí que se sentía importante;
todos lo miraban.

¡Qué feliz era el pequeño abeto
rodeado de niños
que cantaban villancicos!
Le hubiera gustado tanto
que todos sus amigos del bosque
pudieran ver cómo lucía.

16

Las hojas del pequeño abeto
se fueron secando y, poco a poco,
se cayeron. Ahora, sin los regalos,
aún se veían más sus secas ramas.
El pequeño abeto se sentía triste y solo.

Pasados unos días,
el pequeño abeto
estaba completamente seco.
Había brillado con todo su esplendor
aquella Nochebuena.
Ahora, convertido en leña,
calentaría la casa
en el crudo invierno.

22

© 2004, Rosa M. Curto
© 2004, Combel Editorial, S.A.
Caspe, 79. 08013 Barcelona
Tel.: 93 244 95 50 – Fax: 93 265 68 95
combel@editorialcasals.com
Diseño de la colección: Bassa & Trias
Primera edición: septiembre de 2004
ISBN: 84-7864-867-4
Depósito legal: M-29.021-2004
Printed in Spain
Impreso en Orymu, S.A. - Pinto (Madrid)

CABALLO ALADO clásico

serie al PASO

Selección de narraciones clásicas, tradicionales y populares de todos los tiempos. Cuentos destinados a niños que comienzan a leer. Las ilustraciones, divertidas y tiernas, ayudan a comprender unas historias que los más pequeños pueden leer solos.

serie al TROTE

Selección de cuentos clásicos, tradicionales y populares destinados a pequeños lectores, capaces de seguir el hilo narrativo de una historia. Los personajes les fascinarán y sus fantásticas peripecias enredarán a los niños en la aventura de leer.

serie al GALOPE

Cuentos clásicos, tradicionales y populares, dirigidos a pequeños amantes de la lectura. La fantasía, la ternura, el sentido del humor y las enseñanzas que se desprenden de cada historia estimularán la imaginación de los niños y les animarán a adentrarse aún más en el maravilloso mundo de la lectura.